구름에게 가는 중

시와소금 시인선 · 086

구름에게 가는 중

백혜자 시집

시와소금

- 백혜자 시인은 강원도 춘천 출생으로 1996년 《문학세계》 신인상 당선으로 등단했다.
- 시집으로 『초록빛 해탈』 『나는 이 순간의 내가 좋다』 『저렇게 간드러지게』 『구름에게 가는 중』이 있다.
- 강원여성문학인회장, 춘천여성문학회장, 삼악시동인회 회장을 역임했으며, 2017년 강원여성문학상 대상을 수상했다.

- 전자주소 : peak777@hanmail.net

지는 햇살에
온몸이 단풍들어 붉게 타오르는
커다란 떡갈나무 곁에서
발길 멈추었다

광휘로 둘러싸인
하느님이 쓰신 경이로운 시

나무에서 흘러넘친
저녁 햇살이 나를 품으며
너무 부끄러워하지 말라 하신다

내려오는 길
나무를 감고 기어오른 담쟁이덩굴도
나처럼 저녁 햇살을 힘껏 끌어안고
빨갛게 물들었다

2018년 가을
백혜자

| 차례 |

| 시인의 말 |

제1부 눈 내린 아침

제2부 큰 살구나무가 있는 집

제3부 발아, 고맙다

제4부 쌀눈 오시다

제5부 따뜻한 봉분

눈 내린 아침

인동

겨우내
숨죽인 초록빛 인동잎

그 온기에
겨우내 내리는 눈이
파랗게 몸 녹이고 간다

봄볕

봄볕이 비단이불처럼 깔리고

겨우내 탄식하듯 악악거리던 까마귀도

오늘은 목울대를 굴리며 콧소리를 내며

날개를 활짝 펴고 우아하게 날고

작년 장마에 반 토막 나 쓰러져 누운

벚나무 곁가지에도

몽글몽글 새하얀 꽃망울이 터진다

능소화

죽은 나무를 올라타고

능소화 만발했다

죽은 생도 덩달아 싱그럽게 물이 올라

가슴을 풀어헤치고

어린 꿀벌을 먹이는 꽃송이들을

튼실하게 받쳐 들고 있다

눈 내린 아침

간밤 폭설을 쏟아낸 구름이

깃털처럼 가벼워져 천천히 흘러간다

한 데서 떨던 것들이

새하얀 털옷을 입고 앉아 있다

술래잡기

봄바람에

낙엽 하나 굴러와 멈춘다

아이가 그걸 주우려 하자

쪼르륵 도망간다

아이는 따라가고

낙엽은 쪼르르

도망가고…

첫 싹

강물 풀리며
콩닥대는 대지의 가슴

설레임 반
두려움 반
아무것도 모르고 돋아나는 새싹

가시덤불도
여리고 고운 첫 싹을 내밀었다

구름에게 가는 중

청명한 가을이 뜰 안에 가득하다

해바라기 씨앗은

새들이 매달려 다 파먹고

뒤뜰에는 열매를 내려놓은 포도 넝쿨이

잎만 남은 나처럼 궁시렁궁시렁댄다

가을볕에 입술연지를 짙게 바른 백일홍이

있는 빛깔을 다 써서 나비를 부른다

햇솜 구름 하나 내게로 오라고 손짓하며

가볍게 떠간다

천남성

개발로 파헤쳐진 금병산 골짜기 외진 곳
가을이 깊어가니 천남성 열매 빨갛게 익었다

남쪽 지평선에서 2월이면 잠깐 뜬다는 별
천남성이 이곳에 와 떴다

너를 보면 장수하고 네가 나타나면
태평성대가 온다는데 부디 인간을 물리치고

이 산골짜기는 지금 이대로 장수를 누리고
태평성대 하기를 천남성 전前에 빌어본다

10월

햇살이 차가운 안개 속으로 들어가자

투명한 하늘이 쏟아진다

쑥부쟁이 꽃잎에 송장메뚜기 한 마리

이슬에 발목 잡혀 너부죽이 요동도 없는데

붉나무 붉은 잎이 가벼운 바람도 힘겨워

하나 둘 흘러내리고

열매를 내려놓은 밤나무 아래

무장을 해제한 나 같은

빈 밤송이 안개에 젖었다

겨울숲의 봄

산정을 흘러내린
티 없는 겨울 하늘이
찰랑찰랑 숲을 채우고
나를 채운다

계곡을 넘어
마른 수풀 지날 때
도깨비바늘 달려와
어디라도
데려다 달라고 달라붙고

쌓인 눈 속
새파란 인동넝쿨
북동풍에 반짝이며
지는 설화!
......

맨살을 흔들어도

봄을 꼬옥 안고 있는
나무 아래
낙엽을 덮고 있는
초록 노루발

겨울숲엔
봄이 머물고 있다

때죽나무

나뭇가지 끝마다
눈종*(snowbell)을 매달고
때죽나무 다시 열아홉 살

어디를 갔다 오면
저렇게 새 꽃을 피울 수 있나?

바람이 슬쩍슬쩍 건드리면
향기로운 종소리 은밀히 퍼지고

벌들이 몰려와 송이마다
파고들고 향기는 또 나를 파고든다

네가 피는데 덩달아 나도 펴
순간의 황홀에 몸 섞으면

어디선가 들려오는 뻐꾹새 소리
오월이 뻐꾹 뻐꾹 저만큼 흘러간다

* 눈종 : 서양에서는 때죽나무를 눈종(snowbell)이라 함.

삼월

파파노인이
철 이른 묘목 단을 힘겹게 들고
천구백육십년대 걸음걸이로
길을 건너가고

황사 자욱한 길가 화원
오아시스처럼 무성한 초록 잎새의
화분들이 삐딱하게 내다본다

까치도 새집을 지으려고
긴 나무때기를 물고
전봇대를 향해 날아가고

바람은 종일 허공을 갈며
보도블록 틈새까지도
고루고루 빛나는 새봄을 파종하고 있다

첫 매미 오시다

이 산중
어디서 전화가 오나?

저 푸른 물푸레나무에서
소리가 난다

찌르릉
찌르릉

매미 왔다고
전화 받으라고

......

물푸레나무
전화가 울린다

능수참새그령

오가는 산기슭
얼굴은 땅에 묻고
초록 머릿결만 늘어뜨린
풀머리가
젖 먹는 어린것들의 뒤통수 같다
지날 때 마다
얼굴을 들고 방긋 웃어줄 것만 같아
갈래머리를 따 주기도 한다

편안한 숲 가장자리
양지바른 곳에
초록풀머리, 풀머리
애기지구의 머릿결
능수참새그령

▲ 능수참새그령

소낙비

비 머금은 바람이
파발마를 타고 달려가며
소낙비를 쏟아놓는다

목마른 초목이
환호하며 박수친다

제 2 부

큰 살구나무가
있는 집

자동차를 업고 다니다

꿈에
자동차를 업고 다녔다

무거운 걸 등에 업고
차 키를 찾으러
사방을 헤매었다

칠칠맞은 자신을 탓하며
꿈에서도
내려놓지 못하고
땀을 뻘뻘 흘리는 내가
원망스러웠다

삶의 키를
잃어버린 것도 아닌데…

큰 살구나무가 있는 집

겨울에도
큰 나무 아랜 평상이 있고
나물을 말리던 광주리에
어제 내린 눈이 누워있을 것 같다

한옆에 올망졸망 장독들이 서 있고
어머니 그때처럼 나를 기다리며
굴뚝에서 저녁밥 짓는 연기가 날아올라
얼어붙은 세상의 아랫목이 따뜻할 것 같다

겨울 꽃눈 가득 매단 큰 살구나무가
수호성자처럼 품을 벌리고 서 있는
정겨운 옛 시골집

아득히 떠나온
그곳으로 돌아가면 아직도
파 뿌리처럼 늙으신 어머니가
꿈처럼 나타나실 것 같다

애완견

누가 내 친구 이름을 부른다
복실아, 복실아!
뒤돌아보니
한눈팔며 오지 않는 애완견을 부르는 소리다
비실비실 쫓아오는 것이 힘이 없다

몇 살이나 먹었어요? 하니
개 나이로 팔십이라 한다
기력 없는 개를 주인이 안고 간다
빨간 셔츠에 빨간 리본을 달았다
네 팔자가 좋구나
팔십이 되어도 주인에게 안겨 산책을 하니…

말년의 우리 엄마
'내가 개보다 못하다고 푸념하며
올케의 애완견을 미워했었지…'

세상이 무너지고 없다

꿈에

그끄저께 죽은 친구가 물었다

내가 죽었니?

나는 죽었다고 말했다

내가 안 보이니?

내 몸이 어디 갔니?

나는 재가 되어 납골당에 있다고 말했다

겨울바람이 머리를 풀고 울며 다녔다

낙엽이 날개를 달고 날아다녔다

그와 오래 함께한

세상이 무너지고 없다

시커먼 하늘에서 눈이 낄낄대며

흩날렸다

먼 기억 속의 눈

홍역을 앓던 내 동생이 죽었다
겨울밤 엄마가 눈 떠보라고 울었다
아버지가 포대기에 싸 안고 가서
뒷동산에 묻었다

그날 이후 밤이 되면
어린 난 슬그머니 일어나
대문의 빗장을 열어놓고서야
잠이 들었다 몰래 뒷동산 길가에
신발도 놓아두고 왔다

잠자다 몇 번을 소스라치게 일어나
밖으로 나가보던 날들도
하루 이틀 멀리 가고
꼭 돌아올 것 같던 그 애가 오지 않는
내가 태어나서 처음 목격한 죽음

요즈음 가끔 그 애가

꿈속으로 아장아장 걸어와
해처럼 눈 뜨고
환하게 웃는다

간고등어

우리 큰어머니 돌아가시기 전
하필이면
간고등어 뼈를 발려먹고 싶다고 하셨지
생선이 귀했던 강원도 산골
젊은 날 상물림 한 접시에 남아있던
간고등어 뼈 부엌에서 발려가며
빨아먹던 혀에 감치던 짭짤하고 비릿한 맛
팔십 평생 맛본 그 많은 음식 중에
가장 깊게 혀에 아로새겨진
간고등어 뼈에 붙어있던
그 궁핍의 맛
쇠약하여 무거워진 혀 겨우 움직이며
찾던 최후의 먹고 싶던 음식
그것 먹으면 젊은 날 밥맛이
돌아올 것만 같은…

봄 감자

아침에 감자를 까려 하니
폭삭 늙은 감자에
파릇한 씨눈들이 툭 툭 튀어나와 있네
봄이 오니
겨우내 먹다 남은 감자도
새싹을 틔우네
노인복지관에서
춤 배우고 나오던
봄 감자 같은 할아버지가
앞서가는 할머니를 놀리네
할머니가 뒤돌아보며
Me Too하며 겁주네
함께 가던 할머니들이
깔깔깔
폭삭 늙었어도 파릇하게 눈뜬
봄 감자가 얼굴에 겹쳐
웃음 끝에
쓸쓸해지네

아들 생각

아침마다 눈물의 모자 이별
저녁이면 골목길로 달려내려 와
안기던 모자 상봉
그때 너에겐
이 엄마가 하느님이었지
우여곡절의 날들이 가고
너는 훨훨 날아가 아메리칸이 되고
두 아이의 애비가 되었구나
아들이 달려 내려오던 길에
어느새 거목이 된 느티나무는
또 가을이 깊었다
보내온 사진 속 너의 이마에
새로 생긴 두어줄 주름살이
애처롭고
어느덧 내릴 황혼증후군*
그것이 나는 두렵구나!

* 황혼증후군(sundowning) : 해가 지면서 불안과 흥분상태가 심해지는 치매 증후군.

명품 하루

동창 모임에서 돌아오는 길
뉘 집 애들은
뭐도 하고 뭐도 한다는데…
우리 자식들은 뭘 하나 서운하다가

공짜로 내려주신
흐드러진 벚꽃 나무를 지나
저녁놀에 물든
봄바람까지 한 아름 받아 안고

명품 봄날을
명품 하루를
그냥, 무조건 내려주시는
하느님 아버지를 우러러

감사 메시지를 올려보낸다

돌이 된 부부

점점 굳어 돌이 된 남편이
왼편으로 머리를 돌리고
누워있다

덩달아 굳어 돌이 된 마누라가
머리를 외로 꼬고
먼 곳을 하염없이 바라본다

둘 다 말이 없다

평화롭게 거리를 두고
함께, 따로 있다

그 연세에

내가 보기엔 그 연세도
보통은 아닌듯한 분이
철봉에서 휙휙 나르는 노인을 보며
"그 연세에 대단하시다고"
말끝마다 그 연세를 연발한다
저쯤 되면
절에 가서 새우젓 얻어먹기란 틀린 일*

그 연세가 민망한 노인들에게
병원에 가도, 어디에 가도
다른 호칭 놔두고
그 연세를 들먹이는
조만간 그 연세가 될 것을
모르는 저 연세들

* 눈치 없는 사람을 가리키는 속담

내 쇄골 아래

언제나 거울을 보면
내 쇄골 아래
소양강 새파란 물줄기가 흐른다

가만히 들여다보면
마음 상하면 달려가 듣던
나를 다독이던 물소리
다정하고

여름밤 강에서 바라보던
빨갛게 익어가는 별밭이 있고

제삿밥 기다리며 듣던 밤새워 울던
그 많던 새소리 들린다

내 생을 이끌고 여기까지
흘러온 내 몸에 소양강 줄기

그 많은 위기의 순간마다
나를 싣고 건너던 맑은 물

그 많은 사연
그 많은 변화 어디에
다 내려놓으시고
흐르지 않는 댐이 되었지만

너는 언제나 내 몸에 흐르는
새파란 어린 강이다

좋으신 하나님

나는 가방 들고 일요일만
교회에 출석하는 불량교인이다

뒷자리에 앉아
신령한 말씀은 뒷전이고
세상에 두고 온
잡생각만 구름처럼 피운다

목사님이 아무리 착한 일 하고
전도 열심히 하라고 하지만
예수님의 신실한
제자가 될 자신도 없고
또 지옥에 가고 싶지도 않다

뜨겁지도 차지도 않은 이 겁 많은 인간을
지금까지 잘 봐주셨으니 앞으로도
그냥 잘 봐주시려니 믿는다

목사님이 아무리 뭐라 해도
하나님께서는 내가 고치지 못하는 저 죄인을
네가 어떻게 고치겠느냐 하실 것 같다

하나님은 사랑이시니
이 얼마나 좋으신 분인가?

꿈에 내가 죽었다

꿈에 내가 죽었다

어디서 찾아냈을까?
한겨울에 허연 원피스를 입은
나의 상반신 영정이 무심히 웃고 있다

장례식장 마당
나무 밑에 앉아 슬피 울었다

지나던 찬바람이
내 어깨에 손을 얹고 같이 가자 재촉하는데
문상객은 죽은 건 자기가 아니라고 안도하며
작별인사를 하고 뿔뿔이 흩어진다

살 만큼 살아
지극히 슬퍼하는 자식도 없는 것 같다
잘못했던 일이 주마등처럼 스치고 간다

인색하게 굴었던 내 통장에는
돈이 꽤 남아있고
남겨두고 가는 게 많구나!

다시 살아나면 다 나누어 줄 수 있을까?
죽어서도 확신할 수 없었다

허공

심기가
몹시 불편한 날
허공에 대고
투덜대면

무한 허공은
아무 소리 없이
바람을 날리시며
내 불평을 품어
멀리 데리고 가신다

그 무한 귀로 다 듣고
나무람 한마디 없이
무한 품을 펼치시고
안기라 하신다

흙강아지들

어린 손주 녀석들이 오면
마당에 몰려 나아가
여기저기 땅을 파고 다니다가
너무 재미있는지
"할머니 우리 집하고 바꿔요"한다
녀석아 너희 서울아파트가
우리 집보다 더 비싸, 하면
녀석들은 어리둥절해 한다
손주 녀석들이 가고 나면
참새들이 내려와
땅을 제 몸만큼 파고
흙 목욕하기 바쁘다
참새들도 할머니!
땅 넓은 집으로 이사 가요, 하는 것 같다

어머나! 거미 씨

어머나! 거미 씨
언제 이렇게 거미줄로 사각형 그물을 짜셨나요?
고 작은 몸 어디에 그렇게 많은 실을
간직하고 있었나요?
이 화분에서 저 화분으로 수석 받침대까지
사각형 공간에 촘촘히 그물을 내걸어놓았군요
닫힌 창문, 가끔 뿌리는 살충제
먹을 것이라고는
아무리 생각해도 걸려들 것 같지 않은데…
거미 씨, 거기서 먹이 잡으려다 간
굶어 죽지 않을까요?

안 되는 것만 골라서 사업 벌이다
집안 재산 다 털어먹은 우리 아재처럼…

제 3 부

발아, 고맙다

품절

꿀은
품절되었습니다

꽃들이
모두 문을 닫은 꽃밭

나비가
이 집 저 집 문을 두드립니다

말 못 하는 저 시린 가슴

가을은
이미 썰물처럼
저만치 빠져나간 뒤입니다

뜨거운 맨발

수산 시장 앞바다에서 갈매기들이

오리털 옷을 입고 얼굴을 싸맨 사람들 틈바구니에서

생선 한 점 얻으려고 눈에 불을 켜고 야단법석이다

바닷바람 사정없이 불어도 먹고 살아야 하는

저 갈매기의 뜨거운 맨발

당신의 새봄

올봄, 당신의 무덤은
비단처럼 고운 새 풀옷을 차려입으셨군요

간밤 내린 봄비에
생전에 못 해본 물방울다이아 귀고리

반짝이면서 새소리 듣는
당신, 흠흠 꽃냄새 맡는

당신의
머릿결에 윤기가 흐르네요

청설모와 잣나무

청설모가 파묻어 놓고 찾지 못한 잣이

여기저기서 봄비에 초록별 머리를 내밀었다

저 나무 자라나 훗날 큰 나무가 된다면

부럽다 청설모야

너도 모르게 네 생의 잣나무 숲을

유산으로 남기고 가니

초록별 머리마다

큰 거목이 될 나무를 그려 본다

죽기 좋은 날?

가을볕에
뱀 한 마리 등산로에 똬리를 틀고 엎디어

이대로 잠자는 듯 저세상으로 가고 싶다고
온몸으로 말씀하시는 듯

요동도 하지 않는다

아이가 오다

애들이 사라진 지 오래된 시골길로
아빠의 양손을 잡고 오는 쌍둥이가
처음 본 나에게 앙증맞게
머리를 조아리며 인사를 한다

나도 모르게
함박웃음 가득 담아
손 흔들어 준다

길옆 애기똥풀도 반갑다고
여기저기서
건강한 애기 똥색 꽃을
노랗게 내민다

쓰러진 소나무

거센 바람에
소나무가 쓰러지고 말았다

다시는 일어설 수 없는 나무에게
산에 오르던 아줌마들이 달려들어
머리카락을 쥐어 뽑듯
솔잎을 뜯어 배낭에 넣고 있다

나무가 아픈 듯
그 큰 몸을 부르르 떨고 있다

수목장

너, 한 줌 재로 변해

전나무 나라로 간 후

울며 저물던 겨울 가고

네가 간 나무에 천 개의 잎눈이

모두 뾰족이 내다보아

너 어디 숨었나,

가만히 들여다본다

빈손의 나에게

산목련 꽃송이 하늘하늘 지는 봄날
이 봄에 가장 청아한 휘파람새 우네

이것저것 잡으러 뛰어다니다
아무것도 잡지 못한 빈손

할 일 없이
시무룩이 산을 오르면

푸른 산을 흔들어
땀에 젖은 내 몸을 부채질해 주시는 하나님

세상에서 가장 황홀한 바람을 보내시며
빈손으로 그냥 거기 앉아 쉬라 하시네

청아한 휘파람새 소리
그냥 들려주시네

빈 둥지

가시덤불 속 뱁새의 빈 둥지에
가랑잎 한 잎 앉아 있다

고단 한 시간이 뿌리로 돌아간 계절
사방은 적막하고 눈 내리는 소리뿐

어린것을 키우며 황새를 쫓아 가랑이가 찢어져라
날던 뱁새의 이야기를

가랑잎 한 잎
고개를 끄덕이며 한숨 쉬며 듣고 있다

매미껍질

등짝이 찢어지고
맹한 눈을 벗어 풀잎에 걸어놓은
매미껍질을 본다

얼마나 아팠으면 저렇게 풀잎을
움켜쥐고 있을까?

무엇을 찢고 나오면
나도 맹한 눈을 벗어던지고
너처럼 날개를 얻을 수 있을까?

한껏 푸른 나무에 올라
이슬만 먹고 소리 소리쳐
사랑을 노래하다 사라지는,

시인이 될 수 있을까?

발아, 고맙다

장지에서 돌아오는 길
완화 병동에 누워
집으로 가자고
되뇌던 너의 발

집에 가지 못한 채
뚜벅뚜벅
하늘에서 따라온다

직립보행 이후
얼마나 먼 곳을
헤매고 다녔을까?

집에 와
흙 묻은 신발 속에서
빠져나온 내 발을 본다

언제나 집으로

나를 데려다준 발

처음으로 인사한다
발아, 고맙다

나 먼저 간다

성미 급한 그가
나 먼저 간다 하며 나선다
현관문 닫히는 소리 뒤로
여운이 목에 와 걸린다

누가 먼저 가든 가긴 가겠지
생각을 떨치고 나도 차리고 나서니
마당에 참새들이 제풀에 놀라 옆집
옥상에 날아가 앉았다

고놈이 고놈 같은 누가 가고 누가 왔는지
똑같아 보이는 참새들이 고개를 갸우뚱댄다
어제의 구름은 어디로 가고
오늘은 잘 탈골된 늑골 구름이 떠 있다

새 애기를 보러 가니
재작년 동생 돌아간 간 자리에
새로 온 그의 손주가

먼 길 오느라 힘이 들어
곤히 잠들어 있다

하느님도 내려다보시면
누가 가고 누가 왔는지
똑같아 보이실 거다

꾀꼬리단풍

꾀꼬리 단풍들자
꾀꼬리 길 떠났다
때를 따라가고 오는 길이 몸 속에 있어
꾀꼴꾀꼴
제 이름 부르며
몸뚱이 하나 믿고
어디쯤 갔을까?
살아갈수록 믿을 건 내 몸
내게도 오고 가는 길이 몸 안에 있어
내 이름 부르며
내 몸뚱이 하나 믿고
단풍숲을 지나
누가 울다 떠난
노을 비낀 길을 따라 길 떠난다

* 꾀꼬리단풍 : 노랗고 빨간 여러 빛깔의 단풍

간발의 차이

새에게 쫓겨
있는 힘을 다해
지그재그로 몸을 날리며
목숨을 건진 나비를 바라본다

삶과 죽음이 간발의 차이로
갈리는구나
다시 한번 느껴본다

간발의 간발을 지나
여기까지 살아남은
나의 행운에 고개 숙여
묵념하는 아침이다

느시

느시라는 별명을 가진 아이
그 애 엄마는 화가 나면
느시* 같은 지지배라고 야단치곤 하셨는데
그 애는 느시를 한 번도 본 적 없지만
못난 짓을 할 때마다 느시가 되곤 했다는데
어른이 된 어느 날 문득
느시가 뭔지 그제야 궁금하여
인터넷을 뒤졌더니
지금은 멸종위기,
그리고 이 땅에서 사라진
흔했던 겨울 철새라고…
느시 사라지고
그 애 엄마 돌아가고
머지않아
마지막 남은 느시라는
그이 별명도 멸종되겠지

* 느시 : 암컷 80cm 수컷 1m, 목이 길며 날개가 넓고 커서
  나는 모습이 기러기와 비슷한 멸종 위기의 겨울 새.

72

딱따구리와 나

산사에서 들려오는 불경 소리에 맞춰
딱따구리
딱따구르 딱따구르 목탁 치며 절하며
봄이 오는 나무에 붙어
꿈꾸는 벌레를 잡아먹고 있다

꽃 밴 봄을 쏭쏭 썰어
데치고 지져서 먹고 온
나도 문득 싸한 마음이다

봄이 와 잠 깨는 것들 위에
눈물인 듯 어쩌면 이야기인 듯*
먹어야 사는 고달픈 것들에게
우수에 찬 봄날의 서풍이 분다

* 김춘수의 「서풍부」에서

제 **4** 부

쌀눈 오시다

새해 아침

밤새
흰 눈 세례를 받은 나무에
앉아 있는 참새들

참새가
서설 속으로 함께 날아오르자
눈 뜬 아침, 하늘 눈부시다

어린 새

바삭바삭 바삭

알락달락 어린 새가
낙엽을 헤집으며

귀먹은 벌레라도 찾는 걸까
바삭바삭 종종걸음친다

먹이 찾는
겁먹은 눈이 동그랗다

주둥이가
여물지 않아 노랗다

뾰족한 봄

뚫고 나가려는 것은 뾰족하다

허공을 찌르고 오르는

새싹의 머리들이 뾰족하고

자궁을 통과하는 신생아의 머리도 뾰족하다

그 힘으로 천지는 언제나 생명으로 가득하고

그 힘으로 천지는 언제나 새롭다

저 뾰족한 탑들은 새 영혼이 파릇하게

하늘을 뚫고 오르게 하는 메신저는 아닐까?

청명淸明 무렵

약수터 올라가는 길가
올올이 내린 나무 그림자는
사람들 발길에
여기저기 툭 튀어나온
반들반들 위험한 뿌리를
어루만지고
묵은 잎을 어루만진다

더 깊이 더 깊이
뿌리를 내리는 나무의 몸짓을
바람이 흔들고
사람들의 발길을 피해
어린 풀들은
쏘옥, 쏘옥 고개를 내민다

피리 부는 바람

푸른 갈잎에 앉아 피리 부는 바람

피리 소리에 줄 타고 나무에서 내려오는 애벌레

외줄 거미줄에 올라가 춤추는 햇살

바삐 내려가는 몽롱한 나비그림자

한껏 푸른 나무는

홀딱새

홀딱 벗고 홀딱 벗고

흔들흔들 지저귀고…

풀벌레

꿈속까지 따라온 풀벌레 소리

소리가 전 재산인 풀벌레

전 재산 다 바쳐 우는 밤

여윈 달이 밤새 동행한다

내 흉골 빼내

피리 만들면

풀벌레 소리

절로 흘러나오리

우화의 꿈

산으로 오르는 길목
어느 날 보았던
쥐똥나무꽃에 눈송이처럼 날던
흰나비 떼는
간 곳이 없고
어쩌다가
보안등 전봇대에
슬어놓은 알에서
우화에 실패한 흰나비 번데기만
여름 가을 가도 썩지 않고
눈보라에도 그대로다
나오다 만 여린 날개가
너덜너덜하다
무엇으로
단단히 붙여놓았기에
저 우화의 꿈은
죽어서도
전봇대를 꼭 붙잡고 있나

쌀눈 오시다

아버지 돌아가시던 그 날처럼
눈이 펑펑 쏟아집니다

불빛 환한 제삿날 안방을 기웃대는
눈송이, 눈송이…

웃고 떠드는 자식들 소리에
그날의 절망과
슬픔이 사르르 녹으셨나요?

전쟁으로 가난했던 그 시절
이렇게 너희들을 벌어먹이고 싶었다는 듯

푸짐하게 쌀눈으로
펑펑 내려오시는 아버지!

비를 덮고 잠들다

오동나무 아래 긴 의자에
한 사내가 누워 잠을 잔다
부슬비가 그의 몸을 덮어주고
그는 깊은 잠에서 깨어날 줄 모른다

의자 옆
애기똥풀이 몸을 길게 빼고
비를 맛있게 맞고
빗속에 잠든 그의 몸 위에 퉁하고
오동 꽃 떨어진다

점점 자진모리로 나뭇잎을
두드리는 빗방울 소리 자장가 삼아
포근히 잘도 잔다

꽃잠 자는 씨앗처럼
비를 덮고서…

봄바람 업고

보채며 울던 꽃샘바람이

내 등에 업혀 잠이 들었다

너는 내게로 오고 싶었니?

내 등에 가벼운 봄이 잠들고

숲은 숨죽이고 고요해지네!

나는 봄바람 업고 숲길을 서성이며

보채며 울던 바람을 다독이네

나를 다독이네

똥의 축제

낙엽이 나무의 똥이래*

산자락을 노랗게 물 드린
11월의 낙엽송 숲에서
종일 솔솔솔…
나무들이 똥을 누고 있다

숲은 노란빛과 향기로 가득하고
폭신하다

낙엽송아
넌 버리는 똥도 금상첨화로구나

가을 숲이 종일
똥의 축제로
황홀하게 막을 내리고 있다

* 권오길의 『생물 이야기』에서

둥글고 부드럽게

눈이 푸짐하게 내리네

가시넝쿨도
함박꽃을 피워 둥그레지고
세모난 큰 바위도 둥그레져
웃고 있네

몽롱한 안개 아련하고
눈 향기 휘날리며
산 것도 죽은 것도
둥글게 부드럽게 눈꽃을 피우네

외로이 서 있는 저 직선의 나뭇가지에도
곡선의 눈꽃이 피어나네

눈사람

나를 녹이는 건 시간입니다
당신의 빛에 닿아
오늘도 녹습니다

추운 나의 겨울에
먼 남녘으로부터 오는
손길이 전해집니다

나도 모르게
머리가 녹고
몸이 녹고
마침내 흔적도 없이 사라지겠죠?

구름으로 돌아가겠죠?

오늘도 안녕
추웠던 세상의 나날들이여

노을에서 향내가 난다

동지 지나 해가 길어지니
마음도 여유로워져
저녁 해를 뒤로하고 나온 산책

붉은 노을에 온몸을 준
커다란 향나무 아래 이르니
붉게 물든 노을에서 향내가 난다

하루를 하늘로 올리며
산 채로 타오르는 하루의 제의祭儀
향나무의 투명한 연기 퍼지는
공기에선 봄 냄새가 난다

나비점

못 보던 노란 꽃이
새봄에 야들야들 돋아난
풀숲에 피어 한들댄다

무슨 풀꽃일까?
가까이 가보니
막 돋아나는 풀잎 위에 나비가
한들거리다가
활짝 피어 날아오른다

이 봄에
나의 첫 나비 노랑나비가
활짝 피어 나풀나풀
앞서가며 행운을 알리는 봄날이다

* 나비점 : 봄에 제일 먼저 노랑나비를 보면 행운이 오고
  운수대통한다고 예부터 전해오는 나비점.

꽃피는 마을에 다녀간 눈발같이

속수무책으로
서로 만나야만 하는 것들이
추위와 온기를 섞어 얼며 녹으며
오묘한 색깔로 나무를 물들이고
그 와중에 쬐꼬만 날벌레 한 마리
꽃 속으로 들어가 눈을 피한다
진달래 위에 눈꽃 피고 또 피고
슬며시 감기 바이러스 스며드는
기척에 나는 기침을 한다

꽃피는 마을에 다녀가는 눈발같이
사랑과 미움이 뒤섞인
먼 그날 실연의 추억 속으로
나도 날벌레처럼 들어가
봄날의 푸릇한 아픔을 하염없이
느껴본다

섞이다

산길에
어지러이 널려있는
새의 깃털
어느 짐승과 섞이던 시간의 흔적
그걸 바라보다
내 안에 들어와 나를 살게 한 것도
나와 섞인 너희들

갑자기
내가 오래전 먹은
귀여운 약병아리가
삐약삐약
울고 있는 듯한
환청

제 5 부

따뜻한 봉분

농부의 꿈

천지개벽한 중국의 어느 마을
오리 오천 마리가 장관을 이루며
갈팡질팡하다가
다시 줄을 맞추며 자동차 길을 건넌다
이 풍경을 본 기자가 오리를
몰고 가는 노인에게
꿈이 뭐냐고 묻자
오리 잘 키워 부자 되는 것이라고
활짝 이빨 다 빠진 웃음이
자막에 실린다
오리들 다시 줄 맞추어 농사 끝난
무논으로 들어가고
농부의 꿈도 줄 맞추어 따라간다

구채구에서

물살 속에 뿌리를 내리고
영하 40~50도 추위에도
물속에서 살아가는
구채구의 버드나무는
거기 사는 티베트인을 닮았다
사람의 시신을 먹는 독수리도
수장한 어린것을 먹는 물고기도
온갖 약효를 가지고 돋아난 풀들도…
모든 사물이 아라한阿羅漢 같은
얼굴을 하고 있다
척박한 고산의 땅에서는
죽은 시체도
야크의 똥도 버릴 게 없다
스님을 네 번이나 구했다는
늙은 사자개*는 중국인이 10억을 준대도
팔지 않는다
이승의 선경 그 오묘한 물색을 보러
몰려오는 관광객, 고산에 널려있는 식물자원

그것을 차지하고 개발하는 중국의 힘 앞에

사라질 운명에 처한

가난으로 빛나는 구채구의 문화!

가슴이 먹먹한 여행이다

* 사자개 : 중국에서 고가로 팔리는 당나귀만큼 체구가 크고 호랑이와 같이
  내달리며 사자와 같이 포효하며 위험을 예측하는 능력이 뛰어난 티베트 개.

귀무덤

오사카에서
귀 무덤을 보고 바닷가로
내려와
망망대해 앞에 높이 몸을 세운
한 그루 나무와 눈이 마주친다

수많은 이파리가
쫑긋쫑긋 귀를 열고
펄럭인다

언제나 전쟁의 비극은
무고하게 죽은 백성의 몫
그들의 귀마저도 소금에 절여져
전리품이 되어 타국으로 실려 왔구나

그걸 자신의 처지라고
바꾸어 생각하며 거두었을
착한 이 나라 백성이 대를 이어

돌보는 귀 무덤 앞에
마음의 꽃 한 송이 놓고 와

나무를 바라보니
나무가 떠받히고 있는 잎들이
온통 그들의 귀처럼
나를 바라보는 것 같다

와이너리(Winery)에서

터키 그리스 난민들이
추방되어 정착한
가난했던 화산섬 산토리니

세월이 변해
지금은 발 디딜 틈 없는
유명한 관광지가 되어
바닥난 그리스의 경제를 이끈다 하지만

여기서 살아남은 사람들은
섬 기슭을 포복하며 살아남은
키 작고 가지 굵은 포도나무를 닮았다

척박한 땅
부족한 강우량과
바람을 견디며 포도 익듯
살았을 것이다

역경을 헤치고 살아남은 것들에게선
왜 신령한 맛이 나는 것일까?
와이너리에 앉아
달콤하고 향기로운 인내를 마신다

아르띠 푸자

여기는 영혼의 도시 바라나시

일몰 후, 매일 갠지스강 가트에서 열린다는
아르띠 푸자*를 보러 가는 길
살아있는 미라 같은 릭샤꾼의 릭샤에
미안한 마음으로 내 무거운 몸을 싣는다

이방인의 눈에는 불결하기만 한 영혼의 도시
별별 사람과 짐승이 뒤섞여 발 디딜 틈 없이
신의 강을 향해 가는 목마른 중생들 속으로
무표정한 미라가 끄는 나의 릭샤는 잘도 헤치며 달린다

이윽고 도착한 카트에선 향을 살라
신께로 향하는 의식이 한창이다
일몰 후 아수라장 같던 풍경이 잠잠해지고
강을 향한 예배는 경건하게 진행되고

강가에 걸린 전광판에서 외롭게

영원히 이룰 수 없는 선한 문구들이 별처럼 반짝이며
흐르지만
거리엔 버림받은 때투성이 천민들이 넘쳐나고

죽어 화장된 몸과 사람들이 버린
숱한 죄를 날마다 받아 않고 흐르는 신의 강 갠지스의
극진한 희생을 인간인 내가 걱정하는 저녁 예배였다

* 아르띠 푸자 : 브라만 계급의 기도의식.

화두 줍기

시의 화두를 주우러
염천의 골목길로 나섰다

뭘 주울까?
퍼줌이란 음식점 간판
뜨거운 보도블록…
가지가지 화두들이 널려있다

심해에 든 것 같다

동네 한 바퀴 돌아
혼자 서있는 소나무에게
화두 하나를 구걸하다가
고개를 숙이니

땅바닥에 굴러다니는
솔방울이 쳐다본다

솔방울이 장미를 닮았네!
너도 한때 장미를 꿈꾸었니?

오르지 못할 나무를
둘이서 올려다본다

성모섬에서

성모님이 발현한 자리에
어부들이 오가며
550년 동안 돌을 던져서 만든
지중해 몬테네그로의
페라스트 성모바위섬

그 위에 세워진 성당에는
고기잡이 나가 돌아오지 않는 남편을
기다리며
한 여인이 흑발이 백발 될 때까지
머리카락을 한 올 한 올 뽑아
수놓은 성모상이 걸려있다

날마다 남편이 파도가 되어 다녀가고
바람이 되어 다녀갔을까?

성모님의 모습 속으로 한 올 한 올 녹아든
그녀의 기다림은 오늘도 벽에 걸려있고

천년의 기다림으로 목이 길어진 등대만
바다에 귀 대고 있다

유년의 강

아메리칸 드림을 품고 떠난 그녀는
하얀 억새를 이고 왔다
죽기 전에 꼭 한번 소양강을 보러 왔다

고단한 이방인이 되어 서러울 때마다
꿈속으로 흘러와 위로하던 유년의 강
요단강 아니고 소양강 건너가 만나리
찬송 부르며 돌아가신 아버지 이야기며

파란만장한 세월을 지나
태평양 건너 고향에 온 연어같이
우리가 미역 감던 곳
우리가 빨래하던 곳
물에 씻긴 돌들이 자박자박 거리던
샛강은,

여긴가 저긴가 묻고 또 묻지만
강은 댐에 먹힌 지 오래되고

둘이서 기억 속의 소양강을 이야기하면
맑은 물을 싣고 쉼 없이 흐르던 유년의 강은
나 아직 여기 있다고 대답하는 듯
호수 속에서 출렁출렁 고개를 내밀곤 한다

따뜻한 봉분

등산객 오르내리는 산길에
가라앉을 듯 초라한 해묵은 봉분 하나

가을 깊어 낙엽 덮인 날
누군가 조그만 조화 다발을 놓고 갔다

저기에 묻힌 이도 잊지 못하는 이가 있어
남모르게 다녀가나 보다

누군가의 가슴에 살아있는 저이의 날들이
잎 진 나목에 남겨진 겨울 잎눈같이
따듯해 보인다

우화

오리 우리 안 한 귀퉁이에 토끼집을 지어주고 함께 키웠다
오리와 토끼는 서로 관심도 없이 끼리끼리 놀았다
어느 날 아침에 일어나니 알 수 없는 짐승이 내려와
오리 목을 모두 잘라 놓았다
그런데 한 귀퉁이 마련해준 토끼집에서 나온 오리 한 마리
혼자 살아남은 거다

닭장에 오리 새끼와 병아리를 함께 키웠다
물을 먹으라고 떠다 놓으면
오리 새끼는 동동 헤엄치고
병아리는 물 한 모금 먹고 하늘 보고

병아리 한 마리가 다리를 다쳤다
다리에서 피가 나자 몰려온 다른 병아리들이
상처를 쪼아대기 시작했다
죽을 때까지 쪼아대고 있었다

여름밤의 하느님

한밤중 잠에서 깨니
열린 창으로 흘러 내려온 달빛이
방안에 가득 차

그 위에 나 두둥실 떠 있다
올려다보니 창으로 들여다보던 달이
환하게 웃으며 눈 맞춘다

너 잠든 밤에도
너를 빛으로 채우고 있었다고…

사산巳山

봉의산에서 내려다보이는
뱀의 산은 언제나
종일 머리를 물속에 처박고
물만 먹고 있다

용이 되어 승천하는
날을 기다리나 보다

때로는 온몸이 광채 나는
빛에 둘러싸여
날아갈 것처럼 보일 때도
있지만 허사다

그 산을 볼 때면
날마다 그곳에 붙박여 물먹는 뱀이
나처럼 안쓰럽다

봄날 저녁

근조의 등불을 문패처럼 내다 건
요즘은 보기 드문
어떤 집 앞을 지나니
—오늘은 네 차례 내일은 내 차례,
트라피스트 수도회의
금언이 따라오고

겨우내 빈 가지로 떨고 있던
해묵은 나무에 누구를 부르는 듯
쓰러질 듯 가득 피어난 벚꽃 나무를
하염없이 바라보는
외눈 같은 근조의 등불도

보이지 않을 때까지 나를
나를 따라오다 사라진다

내일 지구가 망해도

새로 짓는 건물과 건물
그 비좁은 사이에

키 큰 층층이 나무가
가까스로 서서
층층마다 가득 꽃을 피웠다

주변은 삭막해도 상큼한 향기 날고
나비도 찾아오고…

내일 지구가 망해도
오늘은 꽃을 피우자고

파헤쳐 놓은 흙더미 곁에
현수막처럼 서 있다

첫사랑

다시는 빠질 수 없는
눈먼 시절의
첫사랑의 지옥 하나 없었다면
인생은 얼마나 쓸쓸하랴

수줍어 얼굴 돌리고
새침하게 돌아서던
벚꽃 만발한 골목길

봄날의 봄날
지금 생각하면
폭소가 번지는 지옥의 나날들

기억 속에 파릇한 그 소년도
이제는 질기게 쇠어 버렸을…

초가지붕

사라진 초가지붕이 문학촌으로 와서
새롭게 봉긋하게 누워있고
그곳으로 봄 햇살이 마구 스며든다

초가지붕을 본 적도 없는 참새들이
아파트 숲 지나 고층 건물을 지나
용케도 찾아와 깃들어 안겨있다

초가지붕은 참새들의 엄마 같다
품속으로 파고드는 것들, 이리 뛰고 저리 뛰며
종종거리며 남겨진 쭉정이를 쪼아 먹는 것들

가르쳐 주지 않아도, 본적 없어도
자신도 모르게 끌리어 가는 곳
그런 일이 어디 너희들뿐이랴!

떨고 있는 저녁

불평 많은 건강한 날들은
얼마나 튼튼한가?
식탁에 앉아 저녁을 먹으며
때로 우리는 왜 하찮은 일로 싸우며
행복을 버렸을까?

아무 일도 없었던 그 저녁을
잃을 수도 있구나

금식 푯말을 달고 벼랑 끝에 누운
친구를 문병하고 오는 길
어느새 시드는 꽃밭
싸늘하게 식어가는 가을 햇살에
흰나비 날개가 춥다

흰나비 날개 같은 남은 날들이
떨고 있는 저녁

| 백혜자 |

강원도 춘천 출생으로 1996년 《문학세계》 신인상 당선으로 등단했다. 시집으로 『초록빛 해탈』 『나는 이 순간의 내가 좋다』 『저렇게 간드러지게』 『구름에게 가는 중』이 있다. 강원여성문학인회 회장, 춘천여성문학회 회장, 삼악시동인회 회장을 역임했으며, 2017년 강원여성문학상 대상을 수상했다.

시와소금 시인선 086

구름에게 가는 중

ⓒ백혜자, 2018. printed in Seoul, Korea

1판 1쇄 발행 2018년 10월 30일
지은이 백혜자
펴낸이 임세한
책임편집 박해림
디자인 유재미 정지은

펴낸곳 시와소금
출판등록 2014년 1월 28일 제424호
발행처 강원 춘천시 충혼길20번길 4, 1층 (우-24436)
편집실 서울시 중구 퇴계로50길 43-7 (우-04618)
팩스겸용 (033)251-1195 / 휴대폰 010-5211-1195
이메일 sisogum@hanmail.net
ISBN 979-11-86550-80-9 03810

값 10,000원

강원문화재단
Gangwon Art & Culture Foundation
* 이 시집은 2018년 강원도 강원문화재단 문예진흥기금으로 발간하였습니다.